살아도 사라도

사라도 일기

글머리에

구석진 한 켠에서 지필묵을 벗 삼아
붓글씨를 쓰다가 만난 선배 작가님이
주역의 괘를 찾아 지어주신 필호, 지우(知愚)
地山謙이다.
가을에 고개 숙인 황금빛 벼이삭이다. 내 몸을 낮추어 많은 사람의 추앙을 받는다. 사회를 위해 봉사하고 늘 남의 앞에서 솔선수범한다. 그러면서도 더욱 인품이 높아지고 세상이 모두 우러러본다. 만사 유종의 미를 거둔다.

春去松枝鶴不知
堆金能使子孫愚
봄이 가고 있음을 소나무 가지의 학은 알지 못하고
황금 쌓기를 능사로 여기면 자손을 어리석게 만든다.

知愚
어리석음을 아는 것
늦었지만 내가 어리석다는 것을 일깨워주심에
진심으로 감사할 따름이다.

붓으로 글자를 쓰다가
아는 듯 모르는 듯 공자님 말씀을 들었고

붓으로 글귀를 쓰다가
자연을 노래하는 두보, 술을 노래하는 이백을 알았다.

글자를 쓰다가
글을 쓰게 되었고, 글은 시가 되었다.
어느 시인이 말했다.
시와 시인이 따로 있는 것이 아니라,
사연 많은 글을 쓰는 당신이 곧 시인이라고

살아도
살아도 한량없는
내가 만든 그 섬, 고독한 사라도에서 숨바꼭질하듯 뛰어놀고 싶다.

이제부터라도 어느 구석진 외딴 곳에 꼭 꼭 숨어있을 그 시어(詩語)를 찾아 살고 싶다.
산천초목이 평온하고, 모든 생물들이 자유로이 뛰어 노니는 세상에서 그들과 함께 감사하며 살고 싶다.
위대한 자연에 모든 것을 맡기고, 그리고 제발 용서받고 싶다.

다시 머리 염색을 시작하여야겠다.
더 이상 숨길 게 없다는 것을 알았기 때문이다.
이제 다시 시작하자.
하얀 화선지 위를 한 자씩 한 자씩, 또박 또박 가다보면
한 줄의 글이 되고 시가 될 것이다.

걸음마를 배우는 손주처럼, 말을 배우기 시작하는 손주처럼 말이다.

다시 못 올 그 길을 가신 어머니는 불러도, 불러도 대답이 없다. 죄 많은 세월에 이명처럼 들리는 가느다란 메아리가 견딜 수 없는 고통이다.
한 권의 글이라도 영전에 바쳐 용서받고 싶은 마음 간절하다.

훌륭하게 자란 자식들이 너무 자랑스럽다. 행복은 가까운 곳에 있다. 그리고 행복 뒤에는 그림자처럼 외로움이 동행한다.

남편을 시인으로 만들어준 아내를 바라보다가 삶은 외롭다고 생각했다. 나도 외롭고 당신은 더 외롭다. 당신의 마음에도 평화를 찾았으면 좋겠다.

지난 2년간의 아픈 글, 슬픈 글, 일기같은 글을 모았다. 부끄럽지만 용기를 내어...

무술년 8月 여름날에 知愚 崔仁衡

살아도 사라도

시인이 되면 · 15
시어(詩語) · 16
사라도 · 18
퇴근길 · 20
시계 · 22
원래 내 것은 없었다 · 24
나무 백일홍 · 26
비오는 날에 · 29
마늘을 까면서 · 30
세대차이 · 32
무책임 · 35
착각 · 36
딸 · 38
부끄럽기 짝이 없다 · 40
말 · 42
어디 아프나 · 44
중매혼 · 46

나의 어머니

사모곡 1 · 51

사모곡 2 · 54

사모곡 3 · 55

사모곡 4 · 56

사모곡 5 · 58

사모곡 6 · 59

사모곡 7 · 60

사모곡 8 · 63

사모곡 9 · 64

사모곡 10 · 66

사모곡 11 · 68

사모곡 12 · 70

사모곡 13 · 72

사모곡 14 · 75

사모곡 15 · 76

사모곡 16 · 79

사모곡 17 · 80

고독 1 · 82

고독 2 · 83

고독 3 · 85

고독 4 · 86

고독 5 · 88

용서와 화해

용서 · 93
봄 · 96
봄이 오는 소리 · 97
봄비 1 · 98
봄비 2 · 99
장미 · 100
오월 어느 날에 · 102
바람 1 · 104
바람 2 · 106
밤비 · 107
가을 1 · 108
가을 2 · 110
가을 3 · 112
가을 4 · 114
가을 5 · 116
가을 6 · 119
가을 7 · 120
가을 8 · 122
가을 9 · 124
가을 10 · 126
가을 11 · 128
가을 12 · 130

그럼에도 불구하고

知愚 · 135
보통사람 · 138
막내와 맏이 · 140
연극 같은 세상 · 142
시간 · 144
아버지 · 146
곰탱이 두 마리 · 148
무사한 하루 · 151
꿈에 · 152
그래도 나는 당신 편이오 · 154
장모님 · 155
저승은 있다 · 156
地球 안에서 · 158
지하철 · 160
잘난 사람들 · 162
운수 없는 날 · 164
피부병 · 165
충무로역 7번 출구 · 166
탐진치(貪瞋癡) · 168
토함산 · 170
할아버지 · 172
개원하는 날 · 174
구애(求愛) · 176
옹아리 · 178

복지국가 · 180
복(伏)날에 · 182
목포집 · 184
초딩 친구 · 186
상수아버지 · 188
고수와 하수 · 190
거북곱창 · 192
라트라비아타 · 194
바둑 · 198
이천십칠년 사월 · 200
진보적 보수 · 203
친구 · 204
카카오톡 · 206
신과 함께 · 207
나의 트로트 · 208

산은 높고 물은 길다

화선지 · 215

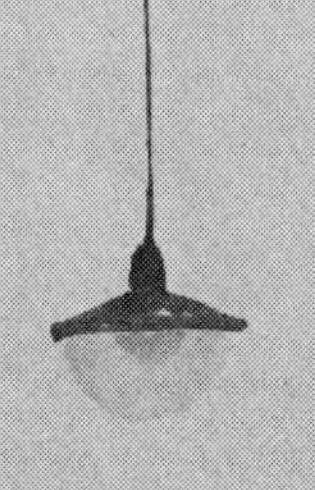

살아도 사라도

시인이 되면

시를 쓰면
시인이 되고
시인이 되면
세상이 다르게 보입니다

시어(詩語)

내가 만든 내 삶에
스스로 굴레를 씌워
인정도 사랑도 잃어버린 세월이 슬프다

잘나고 못나고
내탓 네탓 부대끼다가
멍하니 시간이 멈췄다

문득 나타난
한 단어
너를 붙잡고
회한의 눈물을 훔친다

여태껏
고맙다고 말 한 마디 못했었는데
이제
모든 것을 용서하고
너와 함께 착하게 살련다

너 하나를 찾기 위해
간절히도 헤맸거늘
억지로 구하지도 말고
쉽사리 버리지도 말며
죽는 날까지
내 안에 소중한 너만을
품고 살았으면 좋겠다

사라도

저 멀리 외딴 섬
보일 듯 말 듯
아른거린다
가도 가도 끝이 없어
한 갑자를 돌았다

어쩌다 밀려나온 조개껍데기처럼
이리저리 허둥대며 살았다
실속도 없이

해와 달 그리고 별을 세다가
바람과 나무 그리고 꽃을 찾다가
겨우 마련한 집 한 채에
다섯 식구, 하나 둘 빠져나가고
둘만 남은 빈 집이 보잘 것 없다

살아도 살아도

보이지 않는

사라도에는

어느덧 조용히 석양의 노을이 붉다

* 사라도 : 보이지 않은 상상의 외딴섬
불러도 대답없는 어머니, 살아도 살아도 한없는 삶에 어느덧 내 나이도
육십이 넘어가는구나.

퇴근길

오늘도 어제처럼
집을 나서면
불러주는 이 없어도 갈 곳은 있다
애써 바쁜 척 해야 하는 건
오늘을 살아야 내일이 있기 때문이다

출근이 있어 퇴근도 있음에
다행인 것을
아침에 지나온 원효대교를
또 다시 건넌다
오늘따라 비틀거리는
시내버스의 걸음이 더욱 무겁다

차창 밖으로
여의도의 고층마루가
넘어가는 석양을 붙잡고
놓아주지 못해 매달리는
부질없는 실갱이
붉은 한강하류의 몸살이 뜨겁다

못 다한 인정에
아쉬운 사연이 많아도
어지간하거들랑
편히 보내드려라
밤새 안녕하여야 내일 또 보리니

* 2017. 9월
출근하고 퇴근하는 일을 반복하면 정년이 없고 은퇴가 없다.

시계

시계가 둥근 건
세상이 둥글어서일까?
시계 바늘이 서로 다투는 건
세상이 바빠서일까?

수많은 약속을 만들어
지키기도, 또 어기기도 하였건만
이루지 못한 소망이 있어
오늘도 속절없이 돌고 또 돈다

어제 간 그 길에
버려놓은 시간의 흔적들
좋은 날보다는 아픈 날이 더 많아
억울한 세월이 야속타

못 다한 사랑 있거든

썼다가 지우고

또 다시 써야하는 이야기

아직도 바삐

돌고 있는 둥근 세상에

간절히 내일을 맡긴다

원래 내 것은 없었다

탯줄을 끊고
하늘이 처음 열리던 날부터
어린 왕자로 철저히 길들여졌다

보이는 만큼 가득 찬 세상은
그림이요, 허구일 뿐인데
불타는 욕망으로 나를 탐하려 했다

별을 따야하는 여행
더 큰 내 것을 찾아
더 많은 내 것을 찾아
더 높은 내 것을 찾아
지쳐 쓰러져야 끝이 나는 숨바꼭질

별은 떨어졌다
심산유곡 절간에 갇힌 스님의 선문답인가
어두침침 벽장에 갇힌 양심수의 독백인가
아는 듯 모르는 듯 공자님의 말씀인가

원래 내 것은 없었다

나무 백일홍

원래는 저 멀리
양반집 대궐 마당에서 태어났는데
을지로 사거리 길모퉁이에
버려진 듯 외롭다

만물이 녹아내리는 삼복의 무더위에
견디다 못해 껍질 다 벗겨
속살마저 드러내 놓고
지나온 과거가 부끄러워
속죄의 벌을 서고 있다

천둥과 번개가 무섭던 여름
태풍이 쓸고 간 빈자리를
열흘도 못 피어 쓰러진 꽃들을
대신하여 죄 값을 치르듯
백일을 홀로 지켜야 한다

내 자리가 아닌 이곳에서
잘못을 아는 양심으로 살았으니
스쳐 지나가는 수많은 인간들
저마다 바쁜 야속한 인정들
눈길 한 번 주지 않아도 좋다

나는 죄 많은 양심수
부끄러운 나무, 백일홍, 배롱나무다

비오는 날에

비가 오면
우산 속에 숨었다
하반신은 어이하고
얼굴만 파묻은 체

억지로 가려지지 않는 빗물
피할 수 없는 운명이다
종일토록 중얼거리는 설움 되어
발 앞에 떨어져 사라지는 흔적

비오는 날에
어디로 가는지
젖은 마음의 동행
사연이 많으면 눈물도 깊다

마늘을 까면서

지금껏 숨겨온 잘못을
솔직히 고백하면
용서해주려나

말 못하고 감추어둔 비밀이
한 겹, 두 겹 벗겨질 때마다
축축한 껍질의 허물이 억울해 운다

손톱에 긁힌 상처가 있어야
하얀 알몸을 드러내어
수북이 쌓아올린 한 많은 사연

아픔과 슬픔이
훨씬 더 많았던 지난 계절에
안으로만 파고들어 여문
부끄러운 오늘

아내의 명령으로
한 바가지

철들면 해야 하는
새로운 숙제

마늘을 까는 일은 부끄럽다

세대차이

요즘 아이들
동시에 두 가지
세 가지도 가능하다

두 귀에 청진기를 끼고
영어단어를 외우고
수학문제를 푼다

밥상머리에서는
밥그릇 옆에 화면 하나 더
불꽃 튀는 전쟁
총소리 요란하다

눈과 입과 손이 각자 다른 일을 한다

아버지는 먼저 일어서고

엄마는 쓸쓸히

외로운 식사를 한다

* 밥상머리 교육을 할라 치면 밥그릇 옆에 소란스러운 장치가 있고,
귀에 연결된 선줄 때문에 대화가 안 통한다.
답답한 아버지, 애타는 엄마

무책임

아들이 한자로
자기 이름을 못 쓴다고
혼내지 마라

안 가르쳐 준 아버지
안 가르쳐 준 선생님
안 가르쳐 준 대한민국

착각

의사가 된 딸이
개원을 한다는데
물었다
시집은 안가고 어찌 개원이 먼저냐고

저보다 더 바쁜 아버지
노심초사 일일이 챙기려다가
걸려 넘어지면
오히려 방해꾼

앗! 나의 착각
개원은 원장님이 하는 것
원장님이 사장님

조심스럽게
다시 한번 물어보고 싶었다
적어도 결혼 전에는 동업이 아닌지?

턱도 없는 이야기라면
불공정 거래
아버지는 왜 내 일이라고 생각했을까?

* 하숙비도 안내면서 제 맘대로 드나들고
세탁비도 안내면서 시도 때도 없이 벗어던지면서
기념일에 적당히 밥 한 끼 사고 선물로 퉁치는
딸과의 불공정거래는
벌써 4년 전, 제 스스로 돈벌이를 하면서 시작되었다.

딸

딸이 딸을 낳아
친정집에 왔다

피 묻은 새 생명을
귀한 손님으로 맞아
기꺼이 안방을 내어주었다

천하를 얻은 듯
발버둥 치며 웃음 짓는 옹아리
만세를 부르고 포근히 잠자는 얼굴

갑자기 천지를 진동하는 울음소리가 신기한 듯
창가의 꽃나무들도 기웃거리고
베란다를 찾은 새들도 합창을 한다

내가 너를 키울 때
그 때는 몰랐던 축복과 감사를
이제사 누려보는, 보상받는 행복이다

산모의 고통은 엄마가 알아
부엌을 오가는 바쁜 바라지는
딸을 위해서인가? 그 딸이 예뻐서인가?

피가 빨리 듯
젖줄을 물린 딸을 보고 있던 할아버지가
애처로운 목소리로
멀찍이서 한 마디 한다

우는 아이에게는 젖을 주라고…
너의 엄마도 그렇게 너를 키웠었다고…

* 2017년 5월 미국에서 살고 있는 큰 딸이 애기를 낳아 친정을 왔다.
이쁜 손녀도 좋지만 자식을 낳아 길러야 하는 내가 왔던 그 길을
따라오는 딸에게 무엇이라도 더 잘해주고 싶은 부모의 마음이다.

부끄럽기 짝이 없다

위 학생은 학업성적이 우수하고 품행이 단정하여
항상 타의 모범이 되므로 이 상장을 수여함

위 학생은 6년 동안 개근하였으므로 이 상장을 수여함

육년 우등
육년 개근
그리고 또 3년 우등 3년 개근
그리고 또 3년 우등 3년 개근

부모님의 별난 사랑으로
분재처럼 키워져
억지로 만들어진 별난 생존

그것이 올가미가 되어
품위를 유지하기 위한
고난의 반 세기
적잖게도 우려먹다가
이제 와 가면을 벗고 보니 부끄럽기 짝이 없다

말

어느 날부터
입을 닫았다
왜일까?

할 말과 안 할 말을 분별하다가
해야 할 타이밍을 놓쳤고
용기 내어 내뱉은 말 한마디가
더 많은 파편이 되어 거꾸로 돌아올 때
쏟아버린 쌀은 주워담을 수 있지만
뱉어버린 말은 거둘 수 없으니
차라리
말로서 말 많으니 말 말을까 했다던가?

켭켭이 쌓인 나이테처럼
감고 또 감아 차곡이 숨겨둔
세월의 억울함이 더 많다

* 內言不出 外言不入이라 했던가? (禮記)
君子欲訥於言 以敏於行이라 했다.

어디 아프나

이런 저런 모임들
정리하고 살다가
오랜만에 동창회를 나갔더니
이구동성으로 퍼붓는
대답이 곤란한 질문
어디 아프나?

막걸리 한 사발 받아놓고
제사 지내듯 비티고 있으니
이놈 저놈 건너와
억지로 부딪히는
거절하기 곤란한 강요
어디 아프나?

아니
아픈 건 아니고
늙어 가고 있지
이제 철이 드나봐

하던 대로 해야 하는 나
남이 아는 나
하던 대로 하지 못하는 나
내가 아는 나

* 친구들이 하나 둘 떠나고 있다.
세월이 가면 몸이 늙는다.
너가 아프면 나도 아프다.

중매혼

철 모르는
나이 25살 청년
군대를 미루고
고시공부 한다던 대학원생이
1983년 1월
갑자기
결혼을 하였답니다

만나는 사람마다
사고 쳤냐고
지겹도록 묻는데
그의 대답은 아주 명쾌합니다
아부지의 명을 거역할 수 없어서
시키는 대로 했다고

그는 효자일까요?
뼈대 있는 양반가문의 후손일까요?

백과사전에는
당사자는 객체가 되고
결정은 부모가 하는 혼인이
중매혼이랍니다

* 2017.9
매파도 없이 이웃 마을 양가 아버지들의 합의로 결정된 혼인 35년째
딸 둘, 아들 하나 잘 키우고 아직까지는 잘 살고 있습니다.

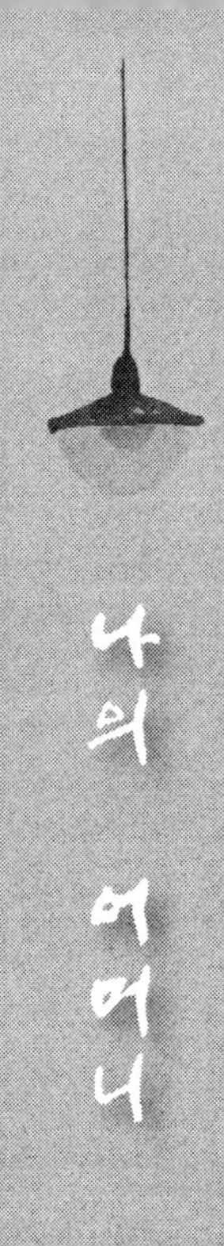

나의 어머니

사모곡 1

– 잠 못드는 밤

요란한 빗소리에
잠이 깼다
세상 모르고 잠든 가족들
몰래 창문을 열었다

집 앞에 감나무가
혼자서는 감당하기 어려운 아우성이다
옆에 있던 대추나무도
몸부림치며 운다

멀리 희미한 불빛아래
청개구리 우는 소리 들린다

하늘이 내리는 형벌인가
아! 어쩔 도리가 없다

장대비 내리는 밤
무서운 밤
슬픈 밤

이 밤에 더욱 그리운 어머니 생각

사모곡 2
– 하얀 밤

어제 못 다한
그 사랑 때문에
뜬 눈으로 뒤척이다
지친 괴로움

흔들리는 창문 틈으로
호통처럼 들리는 이명
날 두고 먼저 간
당신이 더 나빠

애써 잊으려
눈 감아도
잠 못 이루는 하얀 밤
내가 더 아파도 되는지

사모곡 3

– 뻐꾸기 울음 소리

머언 산 뻐꾸기
홀로 울 적에
사연을 몰라주니
더욱 서럽다

길 잃은 나그네
날은 저물고
사방이 어두우니
더욱 무섭다

어머님 살아실 제
섬기길 다할 진대
한숨 소리 깊으니
세월이 더욱 아프다

사모곡 4

– 눈 내리는 겨울

올 겨울엔 유난히
자주 눈이 내린다

원망하며 살았던 지난날의
과한 욕심이
회한의 눈물 되어 펄펄

착하게 살라고
자~알 살라고
잊어버리지 말라고
하늘에서 아버지
땅에서는 어머니

만나면 헤어지고
헤어지면 그리운 인정
그토록 못 잊어도
눈 내리면
눈 녹는다

흔적도 없이
사라지고 마는
삶의 한계를 애태우며
먼 산에는 아직도
차가운 눈이 하얗다

사모곡 5

– 하늘에 별

얼굴을 들 수가 없어
땅만 보고 걷다가
모처럼 고개를 들면
오늘은 하늘에 별이 보이더라

언제나 그 자리에
변함없이 지켜보고 있었을 터인데
안보면 잊혀질까 반항하다가
더욱 죄스러운 외로운 몸부림

아직은 깜깜한 밤
비틀거리는 발걸음을 멈추고
모처럼 고개를 들면
오늘은 하늘에 별이 보이더라

사모곡 6

– 내가 웁니다

아버지를 이기는
세상에서 힘이 제일 센
당신이

외로워 무서운 세월을
억지로 감당하다가
안에서부터 곪아 터지는 설움이
죽을 병인 줄은 몰랐습니다

아차 하던 순간, 막은 내리고
내가 할 수 있는 유일한 변명
습관처럼 누르던 전화 한 통마저
이제는 받는 이 없습니다

아내에게 지는
세상에서 가장 힘이 약한
내가 웁니다

사모곡 7

– 그 해 8월

이 세상을
이토록 뜨겁게 살아야 하는 건가요

그 해 8월
펄펄 끓는 화로에
칭칭 동여맨 육신을 밀어 넣고
애통하게도 울부짖던 억울함인가

붉은 바람이 불어와
상처 파인 가슴을 헤집을 때
내 몸무게보다 더 무거워
온 몸으로 토하는 분노인가

아직도 땅속에서 우시는
어머니
하늘나라 가는 길이 그리도 멀던 가요

유사 이래
이런 폭염은 처음이란다
당해보지 않으면 모를 일이다

하늘이 내리는 형벌인가
가혹하다
하늘이 내리는 고문인가
가혹하다
아무 것도 모르면서
하늘을 원망한다

태양은 위대하다
태양은 잘못이 없다
태양은 원래 불타고 있었다
오늘 도착한 이 뜨거운 아픔은
그해 여름 내려진 엄중한 경고일 터

사모곡 8

– 형벌 그리고 죄값

하늘을 가리지 못하는
비, 바람, 구름, 나무
그리고 인간
그들이 치루는 죄값이다

사모곡 9

– 8월의 기도

8월 8일
태양이 펄펄 끓습니다
쉽게 수그러들지 않는 것은
당신을 향한 통곡입니다

차마 그렇게 가실 줄이야
몰랐습니다
어찌 내가 해야 할 마지막 그 무엇
기회마저 잃었습니다

잊으려 할수록
더욱 몸서리 쳐지는 순간들
견딜 수 없는 세월입니다

그 해보다 더 뜨거운
이 폭염은
당신이 다 못하고 가신 사랑
내가 다 못한 그 무엇 때문에
태양이 되어 타고 있습니다

마음껏 태우고
또 태우셔도 좋습니다
당신 속에 나
내 안에 당신이 다 타고나면
계절이 바뀌겠지요

이제 기도합니다
선선한 바람 불어오거든
달이 되어 만나고 싶습니다

사모곡 10

– 한식날에

왜 식목일이
한식날인지 아직 난 모른다

왜 한식날엔
산소를 가는지 아직 난 모른다

평소에 잘 가꾸고
살아생전 잘 모셨어야지

모란 봉우리 터져
천지가 벚꽃 가루로 휘날릴 제

바람 실은 봄비마저
애처로이 우는구나

작년에 가신 울 어메는
이 봄을 아시는가?

* 2016년 여름 어머니를 보내고, 첫 봄을 맞았다. 춘래불사춘이다.

사모곡 11

– 엄마같은 이모님

나 어릴 적 이모님은 할머니
오십년이 지난 지금은 더 할머니

이질 조카 아들처럼 품어주신 큰 사랑
천사가 따로 없는
엄마같은 이모

가난한 살림에 8남매를 키우느라
애허리 지고 또 지고
백수가 눈앞인데
앙상한 뼈만 남아 숨만 쉬고 살았다네

살아생전 얼굴 한 번
인간의 도리

이모님이 좋아 할까?
그 아들이 좋아 할까?

내가 좋은 것일까?
지하의 어머니가 좋아 하실까?

사모곡 12

– 설중매(雪中梅)

지난 겨울
북풍한설에도
차마
얼어 죽지 못하고

눈 녹이는 햇살에
눈물 뚝뚝 털고야
꼭 다문 입술
이제야 여는구나

사연 많은 가지마다
부풀은 그리움
봄보다 먼저 온
님의 향기

한 많은 어미는
흰 꽃으로 부활하고
서러운 아들은
붉은 빛으로 울어라

사모곡 13

– 국수 사리

푸–욱 삶아
구수한 곰탕 국물 한 그릇에
풍덩
하얀 속살 드러내고
흐느적거리는 그대여

하필이면
없는 집 뚝배기에 시집와
피묻은 배추잎사귀에 휘감겨
맥을 못추는구나

원래는
젓가락보다 곧은 절개로
세상에 나와
부잣집 잔치집에 단골로 초대받아
사랑도 축복도 한몸이었거늘

시끌벅적한 세상에
주인공이 아닌 조연으로만 살다가
부끄러운 줄도 모르고
흩어진 몇 조각의 흔적만 남기고
애닯은 삶은 그렇게 가는구나

사모곡 14
– 동태 눈알

아들이 버리는 걸
슬며시 찾아서
입안에 넣고
아들 몰래
굴리며 씹어 먹었다

철없던 시절
서로 차지하려고
동생들과 다투던 그것
아내 몰래
우물쭈물 삼켰다

오늘 모처럼
가족과 함께 하는 밥상머리
자꾸만 뒤통수를 두드리는 어머니 생각
나도 몰래
슬쩍 눈물을 훔쳤다

사모곡 15

– 폭우(暴雨)

올해는 유난히도 가뭄
그리고 불경기

돌이켜보면
팍팍한 살림에 안 그런 해도 없었다

이글거리는 태양 아래
땅을 가르는 갈증으로
산천의 초목이 헉헉거린다

안 죽을 만큼
애를 태울 대로 태우고서야
하늘이 열렸다

천둥과 번개에
죄 많은 인간들이
놀랐다 그리고 숨을 죽인다

그간의 잘못을 한꺼번에 모아
무자비하게 호통치는
하나님의 심판인가?
용서인가?

* 못 견디는 아우성
기록적인 더위
안 좋은 경기
내가 살아온 60년 안 그런 해는 없었다.

부모님이 먼저 살아온 그 세월을
나도 살아가고 있다.

사모곡 16

– 옛날이야기

남루한 차림의 시골농부가
물어 물어 천리 한양길
서울대학 다니는 아들을 찾아왔다

봉천동 어느 하숙집 문을 들어서는데
친구들과 놀고 있던 아들이
문전박대 내친다

두 말 않고 돌아서는데
뒤통수에서 들린다
우리 아버지가 아니야
우리 집 머슴이야

언젠가 어머니가 들려주신
옛날이야기이다
오늘따라 더욱 고마우신 우리 어머니

사모곡 17

– 겨울 나무

하나 둘
다 벗어 던지고
알몸으로 앙상한
나무야 나무야

새들마저 다 떠나고
텅 빈 둥지마저
눈보라에 무너져 내리면
뿌리마저 얼어버릴까

무심한 바람의
혹독한 시련이 차가워도
시묘살이 한다치고
석 달만 버텨보자

멍하니 쳐다보니
봄은 아직 멀었는데
이 겨울에 더욱 추운
나무야 나무야

고독 1

외로울 孤

홀로 獨

부모 없는 자식

자식 없는 늙은이

아프면서도

우아하게 포장하지마라

고독은

정말 슬픈 것이란다

고독 2

제 잘난 맛에 사는
독불장군
나는 그를
이기적이라고 욕했고
철저한 개인주의자라고 불렀다

스스로 원해서 파놓은
우물 안에서
허우적거리다가
구조 요청이 왔다

시시각각 그렇게 살았으니
나를 닮은 너
너를 닮은 나
나는 그에게 동아줄을 던졌다

고독 3

앞만 보고 걷다가
가끔은 멈추어 뒤를 돌아보았다
남겨진 자국이 부끄러워
다시 뒤돌아 걸었다

위만 보고 오르다가
가끔은 멈추어 뒤를 돌아보았다
까마득한 내리막이 무서워
다시 뒤돌아 올랐다

내가 가는 길
혼자 가는 길
끝이 없는 길

고독 4

어디서 누구와 실컷 먹고는
술 취한 목소리로 횡설수설
걸려온 친구의 전화

너 요새 왜 전화 안하노?

어느 시인의 말을 빌려 대답했다

울[1]지 마라
외로우니까 사람이다
살아간다는 것은 외로움을 견디는 일이다
공연히 오지 않는 전화 기다리지 마라

다음날에는
내가 취해서 울다가
친구에게 전화를 걸었다

그가
무슨 대답을 했는지 기억나지 않는다
상관하지 않기 때문이다

* 정호승 '수선화에게' 울지 마라. 외로우니까 사람이다.

고독 5

찾아오는 사람이 없고
걸려오는 전화도 없다

멍하니 천정을 바라보다가
멍하니 모니터만 응시할 뿐이다

지칠 줄도 모르고
하염없이 돌아가는 시계바늘이
어제를 감고 오늘을 또 감는다

혼자라서 외롭고
외로워서 쓸쓸한
흰 머리만 늘어가는 충무로 최사장님
그리고 아버지

저무는 퇴근길
아무 일이 없어도 괜찮아
아니, 아무 일이 없어서 감사해

집에 가면 바빴던 척 해야지
텁텁한 막걸리 한 사발이 고프다

용서와 화해

용서

지은 죄나 잘못에 대하여
꾸짖거나 벌을 주지 않고
너그럽게 보아준 많은 이들

신기하게도
세상에는 그런 사람들이 더 많다

남로내불
시끌벅적한 천지에
지구가 내일 곧 멸망할 듯해도

그 중에 더 많은
평화를 기도하는 사람들
더불어 함께 대지에 입 맞추는 사람들

하늘을 지탱하는
든든한 버팀목
짓밟혀 다져진 흙, 땅
그 위에 주춧돌

네가 있어 세상은 아직 살 만하다

봄

인정도 사정도 없이
스스로 가두어 잠겼던
빗장이 슬며시 열린다

눈 부셔 파아란 빛이
바람과 함께 와
게으른 몸을 흔들어 깨운다

울다가 지쳐 애닮던
긴 겨울을 잊으라는 명령
매서운 회초리 들고 찾아온 새로운 시작이다

봄이 오는 소리

잠 못 이루고
밤새 울음 우는
움이 트는 산통인가

남에서 불어와
그리운 바람되는
새들의 합창인가

아침이 오면
내가 먼저 나가봐야지
문 앞에 성큼 온 내 손님 아닌가

봄비 1

뒤척이던 밤이
몹시도 길었던 것은
겨울과의 아픈 이별이었나 봅니다

밤을 새워 울어
당신을 보내 놓고
흐르는 눈물이 언 땅을 녹입니다

오는 둥 마는 둥
들릴 듯 말 듯
젖은 가지 움을 트며 웁니다

오랜 기다림에
여기 저기 새싹 돋으면
잊어야 할 모든 것을 용서합니다

봄비 2

애타게 부르다가
뚝뚝 떨어지는 슬픔을
발길로 툭툭 차면서
허무하게 간 당신을 생각하면
고개가 저절로 떨어진다

어제 피었다
오늘 지고 마는
슬픈 목련이
부끄러운 겨울을
좁은 우산에 숨긴다

봄 보다 먼저 온
이 비 그치면
일어나 가자
아지랑이 피어오르는 대지 위
꽃 피고 새 우는 봄으로 가자

장미

성급한 유월의 태양이
서둘러 여름을 불러와
어제만 해도 시끌벅적하던 봄날이
흔적도 없이 쫓겨 갔다

저마다 흥겹던 축제가 끝나고 나면
사정없이 짓밟히는 시든 장미가 슬프다

처음부터 붉지는 않았다
백장미의 청순하고 애틋한 영혼이
드라마 같은 사랑과 전쟁의 아픔을 겪고
자주빛으로도 피었다가
그것도 모자라 검은 장미가 되었는가?

험난한 세월 속에 모질게도 살았거늘
무심코 꺾었다가 시들기도 전에 내던지니
버린 것도 서러운데 사정없이 밟고 가는
매정한 인정 속에
창부의 유행가 가락이 서럽다

탁주 두어 사발에 비틀거리는 발걸음을
저 하늘의 조각달이 같이 가자더니
차마 못 버린 미련 있거들랑
내일 또 만나자고 하네

오월 어느 날에

세월을 탓하다가
한가하여 외로운
오월 어느 날에

온도가 다른
한 줄기 바람이
심장까지 파고 들 적에
눈썹 위에 푸른 하늘
흑백이 분주하더니
어디 본 듯한 제비 한 쌍이
안부를 전한다

고향에는
일가친척 모두 잘 계십니다
강남에는
산천이 푸르러 봄이 왔습니다
마당에는
꽃 피고 새 울어 난리가 났답니다

고개 들어
먼 산을 바라보나니
저마다 잘난 초록들이
앞 다투어 세상을 물들이는 사이
코 앞에서 더 분주한 아이들
바빠서 즐거운 오월이
청춘이어라

바람 1

자주 찾아뵙지 못했던
화초가 시들어간다.
응급히 포도당을 수혈하고
따뜻한 햇볕으로 옮겨 모셔도
소용없고 부질없는 짓
한번 삐치면 돌아오지 않는다

온 가족이 화목하던 때
활짝 피어 향기 만발했었지
호들갑 떨며 좋아하던 그 시절이 부끄럽다

며칠을 못 가 지고 말면 그 뿐
남은 잎사귀 몇 개 뒷전으로 밀려
베란다 한 켠을 외로이 지켰다

창문을 열었더니
시원하게 한 줄기 들어와
부드러이 쓰다듬는 용서와 위로

값을 치루지 않아도 된다
천지사방 가득하다
바람에게
고맙다는 말 한 마디 못하고 살았다
보이지 않던 바람
오늘은 네가 보이는구나

바람 2

내 눈으로 바람을
본 적은 없다
가지가 흔들려
꽃잎이 떨어질 때
바람은 내게 와 있었다

부르지도
보내지도 않았다
잡으려 해도 소용없는 일
놓치고야 말았다

사랑한다고
온 몸을 쓰다듬어
달아오르는 느낌
내가 사랑을 알 때 쯤이면
바람은 저만치 가고 없다

밤비

어두운 밤
외로운 밤
슬픈 밤
잠 못 드는 밤

그래서
비는
밤에 더 많이 내린다

가을 1

예고도 없이
어느 날 아침에 갑자기
찾아온 손님

미처 맞을 준비도 못했는데
해마다 그렇듯이
불쑥 나타나는 건 무례하다
그래도 반가운 단골 손님

뜨겁게 요란하던 여름날을
흔적도 없이 몰아내고
레드카펫을 걸어 나오는 주인공처럼
당당하고
넉넉한 모습에
파아란 바람이 박수를 보낸다

높은 하늘에
양떼구름, 뭉개구름 사이로
내민 얼굴
풍만한 화보를 뽐내듯
사진을 자꾸 찍어댄다

가을 2

혼자여서 외롭고
외로워서 쓸쓸하거든
잠간 일어나
전봇대 끄트머리에
참새 한 마리
그를 따라 가보자

하늘빛 푸르러
눈이 시리면
설레는 마음
바람이 먼저 알고
흰 구름 몰고 내려와
두둥실 나를 태운다

님 찾아
고향 찾아 가는 길에는
익어가는 계절이 오색으로 찬란하다
저 아래
넘실대는 황금물결 고개 숙여 인사하고
울긋불긋 금수강산 손 흔들며 맞이한다

내가 사는
아름다운 세상
가을이 있는 곳
외로움은 없다

가을 3

3층 베란다까지 올라와
한 식구가 된 감나무 한 그루
어느 새 잎은 멍든 빛깔로 찢어지고
듬성듬성 열린 자식들마저 다 여의였구나
간간히 부는 바람결도 못 견뎌
한 잎 두 잎 떨어지는 소리
이슬도 눈물 되어 뚝뚝 슬프다

지나는 달빛에 너를 맡기고
찬 기운이 미워 문을 닫으니
가난한 마음마저 더욱 애달프다
오늘따라 아내와 토닥거리며
서로 당기는 이불깃 싸움이 심각하다

가장 가까이에서 가장 먼 듯 살아온
너에게 미안타
잘 익은 홍시 하나 챙겨 두지 못한 체
허송한 세월이 야속타

창가에 귀뚜라미가 보고 웃는다
성큼 가을이 지켜보고 서 있다

가을 4

복잡한 지하철에서
어여쁜 아가씨가
콧물을 훔칩니다
잠시 후
갑자기 봇물 터지듯
재채기가 연거푸 요란합니다
염치도 불구하고
어쩔 줄 모르는 난처한 장면
아가씨 두 눈에 눈물에 흐릅니다

여기 저기
훌쩍거리는 사람들
한 손에 휴지조각을 들고 다니는 사람들
가을은 콧물과 재채기와 함께 옵니다
유명한 의사도
못 고치는 알레르기라고 합니다
호되게 치르는 아픔이 있어야
가을은 익어갑니다

가을은
눈, 코, 입, 귀, 그리고 나에게
흥분하지 말고 겸손하라고 경고합니다
해마다 또 일러주는
계절의 힘이 큽니다

가을 5

어느 새
슬그머니 바람으로 불어와
내 찻잔 앞에 머물며
그리운 님의 향기로
내 가슴을 파고듭니다

스치는 숨결이
너무도 고와서
와락 품어 삼키지도 못하고
망설이며 어루만지다가
그리움만 더하여 흩어집니다

먼 곳에 님을 두고
언제나 혼자
사랑한다 말 한마디 못했습니다

갑작스러운 님의 방문에
당황하다가
대접도 제대로 못한 채
훌쩍 떠나버립니다

가을은
애틋한 님의 그리움
나도 모르게
바람과 함께 왔다가
바람처럼 사라집니다

가을 6

창밖으로 바람이 불어
나뭇잎 떨어지는 소리에
작아진 심장마저 떨리는
차가운 외로움

임은 가고 없는
텅 빈 자리에
쓸쓸이 나 뒹구는
소용없는 넋두리

구구절절 많은 사연
낙엽으로 쌓아
한 줌의 흙으로 잊혀지듯이
多情한 사랑마저
쓸어가는 세월아

가을 7

아쉬움인지
외로움인지
뒤척이다 보면
하도 잘못한 일이 많아
잠 못 드는 밤이 운다

창밖을 두드리는
스산한 바람소리
아직은 할 말이 많다지만
그 사연
궁금하지 않고 싶다

열심히 살고
착하게 살면
이 가을에 거둘 게 없는 법

모르는 체 그냥
스쳐 지나가면 그만인 것을
소용없는 변명
부질없는 원망이
더 슬프다

바람아
세월아
모두 버리고
스쳐 지나갈 계절에
제발 나더러 알리지 말았으면 좋겠다

가을 8

삼성아파트 2단지 111동 뒤편
주차장 담벼락에서부터
가을은 오나 봅니다

엊그제만 해도
초록빛 가득 담쟁이 넝쿨에
드문 드문
붉은 가을빛이 스며듭니다

긴 여름 내
뜨거운 콘크리트 벽을 타고
오르고 올라
철문을 닫고 숨어 사는 나에게
똑 똑
가을이 왔다고 알립니다

눈부신 햇살이
계절을 안고 내려
빨갛게 가을이 익으면
담쟁이도 덩달아 붉게 타다가
어느 날
생이 다하는 순간
차가운 아침이 오면
슬며시 흔적도 없이 사라진답니다

가을 9

몸부림치며 울던
한 여름을 살아
시린 눈물을 훔치고 나니
속 시원히 파란 빛으로만
새 세상을 밝혔네

숨소리마저 들리지 않는
정지된 화면
바람마저 미안한 듯
숨어버렸다

떨리는 마음
한 점 금이라도 갈까
노심초사 기다리는데

저 멀리
보일 듯 말 듯
작아진 비행기와 나
하얀 흔적으로
신호를 주고받는다

저기는 하늘
여기는 가을

가을 10

– 낙엽

한 잎, 두 잎
그리고 또 한 잎
이제 수명을 다 하고
소슬한 바람에 몸을 맡깁니다

떨어지는 방향 따라
눈길이 가면
고개는 저절로 숙여집니다

발바닥 아래를 파고드는
빛바랜 사연들을
외면하고 가기에는 너무 미안해
사뿐히 건너 밟고 옮겨갑니다

조심스레 한 잎을 주워 들고
흥얼거리는 한 두 소절이
한 편의 시가 되어 눈물에 젖습니다

쓸쓸한 가을이
낙엽으로 저물면
나도 님 그리워 좇아 따라갑니다

가을 11

– 큰 가을

창가에 앉아
커피 한 잔 놓고
잔잔한 음악에 젖어
한가로이 별 헤는 밤을 외운다고
가을을 독차지 하려고 하지마라

문을 나서면
망망대해 푸른 창공에
계절이 흐르는 하얀 구름이 바쁘고
형형색색 익어가는 또 다른 가을이 있다

들판에 벼이삭이 황금빛으로 물들면
어깨가 들썩거리는 넉넉한 농부의 가을

고추밭에 손주같은 고추가 빨갛고
사과나무에 손녀같은 사과가 붉게 영글면
두둑한 용돈주머니에 노랫가락이 춤추는 할머니 가을

눈부신 하얀 깨알이 소복이 털리면
고소한 참기름 향기는 이미 서울로 가고
아들 자랑, 딸 자랑 구수한 어머니 가을

가을은
파랑, 노랑, 빨강, 하얀색
그리고…

외롭고 쓸쓸한 가을은 서울에 있고
사연 많아 속 썩이는 단풍 가을은 설악산에 있고
큰 가을은 시골에 있다
물감이 부족해 다 못 그리고
손가락이 모자라 다 못 헤아리는 큰 가을이다

가을 12

– 처서(處暑)

어젯밤 귓전에
모기 한 마리
비뚤어진 입으로 전하던
나지막한 목소리

마당에 대추가 잘 익어간데요
올해는 둘째 딸 시집 보내야지요

어정칠월
건들팔월이라 했던가
여름내 게을렀던 아버지
갑자기 바쁘다

눅눅한 바지저고리 걸쳐 매고
집을 나서니 비가 쏟아진다
어이쿠
십리에 천석을 감한다던데
쌀독 단속 잘 해야지

이 비 그치고
귀뚜라미 울면
아들아
우선 벌초부터 하러가자

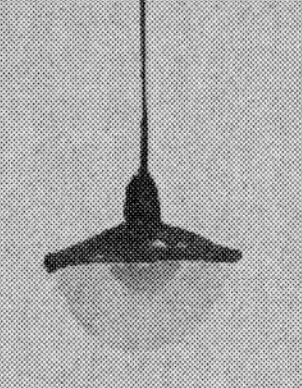

그럼에도 불구하고

知愚

아직은 제대로 서지도 못하고
치켜세울 줄도 모르는 서툰 붓 길이
그 동안 너무 잘 난 체
화선지를 망치고 다녔단다

함께 가던 점잖은 한 문필(文筆) 어른이
보다 못해 조심스레 거든다
사주팔자를 보아하니
金과 火가 부족하다네
用神의 知와 愚를 찾아
地山謙의 괘를 걸어준다

봄이 가는지
솔가지의 학은 모르고
황금 쌓기를 능사로 알면
자손이 어리석어진다

하니,

낮추면 더욱 높이 보인다면서

이제 내려놓고 살라한다

知愚는 고객숙인 황금 벼이삭이다

* 知愚 : 2017년 삼월 동문수학하던 紙筆譚의 도유 선생님으로부터 새로운 자호를 하나 받았다. 號頌宴하는 날, 나는 많이 취했다. 그리고 울었다.

春去松枝鶴不知 堆金能使子孫愚

보통사람

깜깜한 산골마을
척박한 밭고랑에서
황금 돼지의 태몽이 싹을 텄다

제법 똘똘한 아이는
천지도 모르면서
한 그루의 분재나무가 되었다

철이 들 무렵
시장으로 나왔을 땐
더 잘난 놈들에 밀려 힘들어 했다

정신을 차리고 보면
고작 이등의 삶을 살면서도
나름 잘난 체 했다

야속한 세월에
구겨진 자존심을 버리자니
억울하다가도 웃고 말았다

머 그리 잘난 것도 없다는 것을 알았을 때
뒤쫓아 오는 자식들이 말한다
아빠는 훌륭한 보통사람이라고

막내와 맏이

내 친구 甲이는 막내
형님이 세 분이나 계신다
어릴 적 그는 골목대장이었다
덕분에 나도
우쭐대며 살았다
지금도
만나면 형님 자랑이 반이다
이 번 명절에도 시골 큰 형님 댁으로 간단다

내 친구 乙이는 막내
누님이 세 분이나 계신다
어렵던 신혼시절에
자동차를 한 대 선물로 받았다
덕분에 나도
같이 놀아주어 좋았다
지금도
만나면 누님 자랑이 반이다

이 번 휴가에도 시골 큰 누님 댁으로 간단다

나는 맏이
남동생이 둘이고
여동생이 둘이다
줄 것도 받을 것도 없는 가난한 맏이다
시골은 있어도 갈 곳은 없는 외로운 맏이다

연극 같은 세상

아픔은 혼자 오지 않는다
반드시
그 옆에 그림자 함께 온다

한바탕
소나기 같은 전쟁은
피할 수 없는 것
아프고
더 아파야 한다

눈 깜빡하면
장면은 바뀌고
캄캄한 무대 한 켠
햇살처럼 쏟아지는 조명
빛과 그림자
그 그림자 일어서 주인공 되니
아픔은 가고
연극 같은 세상
그래서 살 만하다

시간

원래 있는 것인데
없다 하고

당연히 있는 것인데
만들었다 하고

누구나 있는 것인데
저만 소중하다 한다

마음대로
쓰다가
버리기도 하고

내기도
주기도
끊기도
재기도 하는
언제나 바쁜 시간들

가다가 멈추어
늦기도 하고
빠르다 늦더니
길고도 짧은 것

시간을 다투다
시간을 보내놓고
시간 속에 갇혀
시간이 없다 한다

아버지

친구를 사귀려거든
너보다 나은 친구를 사귀어라

돈도 더 많고
힘도 더 세고
인물도 더 잘생기고
공부도 더 잘하는 친구 말이다

어릴 적 아버지 말씀은
명령이었다

이해할 수 없었다
그럼 그 친구는
나를 왜 친구로 사귈까?

오늘 아들에게
똑같은 주문을 했다

아들은 아버지의 희망
아버지는 아들의 내일

오늘따라 더욱 생각나는 아버지

곰탱이 두 마리

한 시간 먼저 알람이 울리면
화들짝 놀라듯 얼어나
가스불 동시에 켜지고
눈 감고도 줄을 맞춘
한 가득 식탁의 구색
엄마는 주방의 달인 그리고 마술사

미련하게 뒤척이길 수십 번
덜거덕 거리는 숟가락 놓는 소리 듣고서야
눈 비비며 일어나는 투정
흩어진 양말 찾아 숨바꼭질 하다가
밥은커녕 세수도 못하고 쫓아나가는 곰탱이

삼십여 년 전 한 마리
수컷들의 귀여운 심술
먹는 둥 마는 둥
뒤늦게 철없는 아들 나무라는 아버지의 헛발질

곰탱이 두 마리의 아침은
오늘도 바쁘다
빈 독에 물을 붓듯
허구한 세월을 중얼거리며
남은 삶을 설거지하는 팔목이 아픈 어머니

무사한 하루

전화 한 통 오지 않는 사무실을
종일토록
지키다가
문 닫고 들어가는
사장님
뒷짐 지고 걷는 걸음이 느리다

허탕 친 하루를
숨기고
슬며시 대문을 들어설 때
맞이하는 아내의 얼굴에 던지는
멋쩍은 헛기침
오늘도 무사한 하루였답니다

꿈에

내년 지방선거에
출마라도 함 해볼까?

왜?
어릴 적부터 꿈이 국회의원이었는데…
왜?
국가와 민족을 위하여…

누가 찍어주기나 한데?
아니, 꿈에

시켜준다 하여도
못해
꿈을 꾸다가
아침에 일찍 못 일어나서…

오늘부터는
일찍 자고
일찍 일어나야겠다

그래도 나는 당신 편이오

35년을 같이 살아 온
아내가

작은 이유로
크게 삐쳤다

모두 내 잘못이다
그래도 나는 당신 편이오

장모님

동서남북 네 별 중에
세 별이 지고
마지막 남은
외로운 별 하나

저마저 희미하여
보일 듯 말 듯
방향을 잃어 갈지자로
비틀거리는 지팡이

혼자라서 더 늙은
불쌍한 어머니
오늘에야 처음으로 잡아보는 손
오늘에야 처음으로 쳐다보는 얼굴

저승은 있다

귀신은 없다면서 큰 소리 치며
고집부리는 무신론자들은
이승에서
가진 자요, 강한 자요,
높은 곳에 있는 자들이다

아니면
허름한 포장마차에서 값싼 소주에 취하여
비틀거리며 귀가하는 아버지들이다

저승은 있다
저승은 있어야만 한다

이승에서 당한 억울함과
못 다한 설움을 풀어야 한다
이승에서 진 부채를 갚아야하고
미처 못 이룬 사랑도 마저 거두어야 한다

두터운 성경책에 돋보기를 걸고
어디에 숨어 계시는지
오늘도 열심히 하느님을 찾는 사람들이 있다

地球 안에서

地球 안에서
아둥바둥
남을 헐뜯고 싸우지 마소

地球 속에서
옥신각신
서로 잘났다고 우기지 마소

地球 밖을 나가면
태평양 바닷물에 풍덩 빠져버릴 지
하늘을 날아 흔적도 없이 사라질 런지
혼자가 되면 무서운 세상이랍니다

공처럼 둥근 地球 안에서
돌고 있는 지도 모르는 체
地球 속에서
둥글둥글
살아야 한답니다

뜨거운 여름이 있어 추운 겨울이 있고
따뜻한 봄날이 있어 풍성한 가을도 있으니
내가 사는 地球는 살만 합니다
地球 밖을 나서면
떨어집니다

201710 지구본을 바라보던 아이가 묻습니다
우리는 지구 안에 살고 있죠? 지구 밖으로 나가면 떨어져 죽는 거죠?
그렇습니다. 지구는 둥글고 계속 돌고 있습니다. 지구 밖으로 나가면
위험합니다. 지구 안에서, 지구 속에서 우리는 살아야 합니다.

지하철

타는 곳에서
두리번하다가 좌우를 잃으면
몸과 마음이 바뀌어
바쁠수록 거꾸로 간다

갈아타는 곳에서
오르락 내리락
동서남북이 힘들면
되풀이 하는 과거는 그 만큼 슬프다

나가는 곳에서
가던 길 또 가고
왔던 길 또 오면
진정코 내가 가야할 길은 어디일까?

산다는 것은
복잡하고 힘든 일이다
아, 거미줄에 얽힌 듯 허둥대는 인생이여

잘난 사람들

텔레비전에 자주 나오는 사람들
검은 양복을 입은 사람들
여의도에 많은 사람들
싸움 잘하는 사람들
돈 많은 사람들

그 중에 많은 소위 S대를 나온 사람들
그 중에 많은 소위 법대를 나온 사람들
…
. .
.
잘난 사람들

그들은
밥을 살 줄 모른다
그들은 술값을 낼 줄 모른다

건방진 놈
오늘도 어느 주막집에서
공자님 말씀 한 톨 꺼내놓고
잘난 척 하고 있을 놈

잘난 놈은 나쁜 놈
그 놈을 미워한다
내가 나를 미워한다

운수 없는 날

피자 한 판을 시켜 놓고
세 명이 둘러앉았다
하필이면 8조각
하나가 모자라네
가위 바위 보
내가 졌다
오늘은 운수 없는 날

피부병

가려워서 긁는 것은 人之常情인 것을
긁어서 부스럼은 몹쓸 놈의 病이로다

洋方도 韓方도 못고친다 하거든
하나님께 빌고 빌어
석삼년을 고생이네

죄 많은 삶에
善한 일, 惡한 일
골고루도 하였거늘
못난 일만 트집잡아
바가지 긁는 아내여

참고 또 참아 속으로만 삭이다가
모진 구박 견디다 못해
이제사 터져
헤집고 돋아나는 억울한 몸둥아리여

충무로역 7번 출구

남산타워 아래 한옥마을 골짜기
7번 출구를 나오면
기종빌딩 207호

이십년 째
금 나오고 은 나오던 곳
남이 볼까 두려워
숨어서 혼자 울었다

어느 날 샘이 마르고
허기진 이웃들 하나 둘 사라질 때
아무 일 없었다는 듯
빈 가방 둘러메고
나가는 길 찾는다

출구가 입구 되고
들어가는 길이 나가는 길인 걸
왔다가
돌아가는 길에
어릴 적 어머니 말씀이 생각난다

우리 집 뒷동산에는 돈이 흘러내렸다고…

탐진치(貪瞋癡)

받은 사랑 더 많아도
움켜쥐고
줄 줄은 모르는
이기적 貪慾
사랑하는 사람과 헤어져야 하는
괴로움 愛別離苦

죽고 못 살아
사랑 노래를 불러도
장난치듯 돌아서는
노여운 瞋恚
미워하면서도 만나야 하는
괴로움 怨憎懷苦

生老病死가 숙명일진데

풀지 못 하는 숙제를 안고

웃다가도 울며 부는

어리석은 愚癡

구하는 것을 얻지 못 하는

괴로움 求不得苦

번뇌에 빠져 헤매야 하는

괴로움 五陰盛苦

* 貪瞋癡 :

불교에서 중생의 선한 마음을 해치는 가장 근본적인 3가지 번뇌.
불선근(不善根)은 3독(三毒), 3화(三火) 또는 3구(三垢)라고도 한다.
탐진치를 음(淫)노(怒)치(癡)라고도 하며, 또는 욕(欲)진(瞋)무명(無明)
이라고도 한다.

* 五陰盛苦 :

五蘊盛苦, 五取蘊苦라고도 한다. 여기서 취란 번뇌의 다른 이름이다.
인간의 구성요소인 色受想行識의 오음(오온)이며, 우리 인간을 가장
괴롭히는 것이다.

토함산

육중한 범종의 은은한 울림이
숨소리마저 멎게 만든다
그윽한 솔향기로 속까지 씻어내고 나면
모든 것을 버려야 하는 헛된 욕심
스스로 무릎 꿇은 벌거벗은 기도에
뜻 모르는 염불소리 자욱하다

태양을 품었다가
달을 토해내는
신의 섭리를 서라벌에 펼친
천년의 평화
그 동안 갚지도 못하고 받은 은혜가
너무 컸다

불국사에는
나라와 민족이
석굴암에는
천지간의 세상이 숨쉬고 있다

토함산에는
흙과 바위 그리고 나무가 있다
바람이 있어 소리가 있다
빛이 있어 계절이 있고 세월이 있다

토함산에는
내가 가야 할 길이 있다

* 수학여행을 갔을 때 불국사에는 석굴암, 다보탑, 석가탑이 있었다. 세월이 지나 다시 찾았더니 토함산이 있었다. 그 곳에는 내가 가야할 길이 있었다.

할아버지

할머니 된 아내가
미국에 사는 딸네 집에
산후 바라지 한다고 갔다

덕분에 김서방은
장모님의 사위사랑
좋겠구나

봄은 코앞에 왔는데
목마른 화분에 물 한바가지 주고 나니
어항 속 물고기도 덩달아 아우성이구나

밥은 해서 먹는 것보다는 설거지가 힘들고
빨래는 돌리는 것보다는 너는 게 힘들고
청소는 미는 것보다는 걸레 빠는 일이 힘들다

텅 빈집에 우두커니
혼자 중얼거린다
여보, 나는 괜찮소
할아버지로 사는 연습중인데
그저 할 만하오

개원하는 날

딸이 한의원 개원하는 날
기다렸다는 듯 줄을 잇는
꽃과 화분들

갓 태어난 신생아의 울음으로
일착한 스투키가 축포를 울리자
황금소심이 노오란 촉을 내밀 때
활짝 핀 호접란이 응원의 향기를 피운다

잔치의 소문을 들었나
키 큰 행운목 하나가
줄줄이 식솔들을 이끌고 들어서는데
펄럭이는 리본에 새겨진 이름들
친구, 이웃, 선후배, 그리고 인정과 사랑님

산세베리아, 아테누아타
고무나무, 돈나무…
얼굴도 이름도 분주한데

내가 설 자리는 어디인지
한 켠에서 묵묵히 지켜보고 있는
한 그루, 아버지나무
노심초사 대박예감
흐뭇한 입가에 미소가 깊다

* 2017년 7월 20일 신길경희한의원 개원 원장 최지은 경희대학교 침구과 전문의
오늘은 딸이 한의원 개원하는 날.

구애(求愛)

캄캄한 세상을 십년을 살아
허물 벗고 눈을 뜬 세상이
하필이면
뜨거운 불가마에
치열하게 투쟁하는 전쟁터인 줄 알았을까

인고의 세월이 억울하더냐
길어야 한 달의 유한한 삶을 두고
님 찾아 사랑 찾아
갈 길이 바빠
아침부터 간절히
온 몸으로 우는 외침이여

종일토록 울었어도
아직 짝을 못 찾았나
허기진 몸이 되어
구걸하러 날 찾았나

19층 아파트 베란다까지
철창 방충망에 붙어
말도 못하고 더듬거리는 매미 한 마리
사나이 마음을 훔치는 너는 분명 암놈이로구나

옹아리

백일도 안 되는 애기를 끌어안고
끊임없이 부르고 달래는
엄마의 간절한 호소

아는 듯 모르는 듯
주고받는
언어가 아닌
소리의 리듬과 울림
엄마만이 내는 향기
그리고 눈빛

유능하신 할아버지는
문자로
웅변으로
억센 힘으로 시름해보지만

결국은 한바탕 울음에 패하고
멋쩍게 돌아서고 마는
못 알아듣는 애기를 원망하면서
감추는 쓴 웃음

소통은 몸으로
마음으로 하는 것이다

* 손녀를 보는 일이 그리 쉬운 일은 아니다. 서툰 솜씨로 아이를 달래보려 하지만 뜻대로 안 된다. 요즘 사람들의 소통방식은 다르기 때문일 게다.

복지국가

아침부터
한의원 대기실에는
동네 할머니들이
줄을 선다

접수대 아가씨가
상냥한 목소리로
출석을 체크하듯 묻는다

“어머니,
어젠 왜 안 오셨어요?“

할머니가
씩씩하게 대답한다
“어, 어젠 몸이 좀 안 좋아서”

궂은 날씨이거나
몸이 불편하면
병원에 안가도 결석처리 되지 않는
우리나라 좋은 나라

복(伏)날에

꽃 피고 새우던 시절
주는 밥 먹 먹고
시키는 대로만 하면 되었다

자유인지 민주인지
가르쳐주지도 않던
주인님의 까만 독재에 갇혀
훗날 어느 잔인한 인간의 배를 불릴지도 모르면서
미련하게 살만 찌웠다

숨 막히게 더운 날
줄을 서서 기다리는 그들은
삼계탕으로
보신탕으로 제물을 삼아
땀을 흘리는 축제를 즐긴다

오늘은
그들을 위해 몸 바쳐 희생한
미약한 짐승들의
현충일인가
부활절인가

목포집

충무로역 7번 출구 뒷골목
진고개 맞은 편
목포집이 문을 닫았다

내가 안지도 벌써 20여년
그 때도 할머니
지금도 그 할머니 집
적잖이 유명한 맛집
구수한 된장찌개가 일품이었다

좁아터져 허름한 곳
그을린 찌든 떼가 자욱하던 곳
장맛이 익어가듯
세월도 그렇게 익어갔나 보다

찌그러진 냄비 안에서 끓는 그것은
알 수 없는 할머니의 마술

그리고
언제나 똑같은 밑반찬
열무김치, 콩나물 무침, 계란찜
그리고 조기새끼 한 마리

더 이상
할머니는 보이지 않는다
또 하나의 어머니

줄 서 기다리던
인쇄골목 아저씨들 어찌할꼬
할머니의 안부를 묻는다

닫힌 창틀에 매달린
점포임대라는 쪽지가 슬프게 답한다
할머니는 모든 것을 가지고
아마도 먼 길을 가셨다고

초딩 친구

어제는
오랜만에 친구를 만났다
아마도 불알이 닮아서 더 좋은 친구
그의 누나가 예뻐서 더 궁금했던 친구

오십년의 세월을
한 두 시간에 엮는 드라마
사연이 너무 많아
눈물로 말하고
몸부림으로 토해내는
나의 이야기
자네는 내 친구

자네나 나나
골골이 주름진 얼굴에
좋은 날보다는 아픈 날이 더 많았다면
건방진 거짓말

부딪히는 술잔이 먼저 알고 웃는다

같은 길 가자더니 따로 가놓고
부귀영화 어데 가고 돌아온 나그네
會者定離 去者必反을
因緣이라 하자

흠뻑 젖은 취기가 깨지 말았으면 좋으련만
자네가 행복하다고 외칠 때
내가 답하고 싶은 메아리 더 크게 보낸다
그래 친구야 합장이다

* 반세기(50년)만에 만난 초딩 친구, 그는 선생님으로 곧 은퇴를 한단다. 나는 그가 10살 애기 같이 보였다. 나도 그에게 착한 아이처럼 보이고 싶었다.

상수아버지

검사도 되고 변호사가 된 아들
기쁜 소식을 듣고
밥을 사야 한다고
달려온 내 친구

지극정성 엄마의 바라지보다
아버지의 전략적 지도가 유효했다고
큰 소리 치는 상수아버지

주인공은 상수
춤을 추는 아버지
현수막까지 준비한 아버지의 아버지

상수보다 더 좋은
상수아버지
그리고 상수 할아버지

장한 아들
너에게 박수를 보낸다.
더불어 함께 너무 좋은
나와
내 친구 상수아버지

고수와 하수

고수와 하수가
당구 경기를 한다

하수는
한 수 배운다는 마음이다
져도 부끄럽지 않고
이기면 더 좋다

고수는
고수답게 잘 쳐야한다
이겨도 당연한 것
지면 부끄럽다

시합을 하면서도
이기고 지는 것이 문제가 아닌
나름 자신의 실력을 뽐낼 수 있어야 하는 것
세상은 고수와 하수의 불편한 만남의 장이다

이겨야만 즐겁고
이기려고 바둥바둥하는
승리에 익숙한 잘 난 사람들은
고수도 하수도 아닐 게다

강호에 고수들이 많다
하수들은 더 많다
고수와 하수들이 잘 어울려 산다

거북곱창

교대역 앞 14번 출구 곱창구이 원조집은
이십년 전이나 지금이나
사연 많은 인간들로 복작거린다

자욱한 연기 속에
익어가던 곱창이 소주를 품어 불꽃을 피울 때
더럽혀진 냄새로 산화하고
빛깔 좋은 안주로만 남아라

일배일배부일배
무엇 그리 사연이 많을까?
취하여 횡설수설 하는 사이
구겨져 비닐봉지에 묶인 자킷이
숨막혀 못 살겠다고 아우성이다

사방을 둘러보던 친구가 말한다
이제 여긴 우리들의 만남 장소가 아니란다
첫째는 치맥의 호프집보다 가격이 비싸고
둘째는 시끄러운 젊은이들에게 방해가 될 것 같아서란다

그래, 더 할 얘기가 있다면
어서 막창 1인분만 더 먹고 가자
그리고, 우리가 피하자
저기 조용한 찻집으로 갈까?
무정한 세월이 내 자리마저 빼앗는구나

라트라비아타

제1막

고급창부 비올레타의 저택 화려한 살롱에 들렀다

동백꽃을 단 아가씨 그녀는

방황하는 여자, 타락한 여자, 버림받은 여자이다

가진 자들의 흥청망청 무도회이다

나도 오늘은 초대받은 한 귀족이다

술과 사랑을 찬미하는 멋진 주인공 알프레도

순수한 사랑의 고백

진실한 사랑의 기쁨, 축배의 노래

빛나고 행복했던 어느 날

이 꽃이 시들 때 쯤 다시 만나자

지나온 세월은 그저 향락으로 가득찬 공허한 삶
사랑은 헛된 것
아 그이였던가?

제2막
그녀 없이는 내 마음에 행복은 없네
행복한 동거
오 나의 비겁함이여

자식 이기는 부모 없다
헤어지기를 강요하는 제르몽의 애절한 호소
바리톤과 소프라노의 이중창

베르디는 이 대목에서 말했다
부자지간의 단절된 의사소통과 이의 회복
프로벤자의 하늘과 땅

포기할 수 없는 사랑을 위한 집착
도박으로 따먹은 돈의 잔인한 위력
너에게 진 빚은 모두 다 이것으로 갚았다
건방진 녀석

더불어 정신없는 나도
분명 비겁하고 건방진 테너다

제3막
누추한 병실의 애처로운 선율
잃어버린 사랑 뒤에 홀로 된 아픔
지난 날이여 안녕

늦은 이해와 용서를 뒤로하고
비올레타는 죽어갔다
여보 다른 여자와 결혼하거든
하늘에 있는 천사가 행복을 빌고 있다고 전해주라면서

사람들은 슬픔으로 넋을 잃고 멍하니 서있는데
천천히 막은 내린다

나도 그 무대의 한 켠에서
엉엉 울었다
나는 별로 조명을 받지 못한 어설픈 들러리였다

* 2017년 4월 세종문화회관에서 있었던 '라트라비아타' 오페라에 멤버로 참여하게 되었다. 주조연도 아닌 들러리 합창단의 일원이었지만 무대 위의 출연진 모두는 주인공이었을 것이다.

바둑

잘난 놈
못난 놈
같이 사는 세상이다

속고 속이는 세상이 야속하다고
몸부림 치다가
산전수전 다하여
집 한 채 겨우 마련하면 살아남는다

막걸리통 옆에 두고
주거니 받거니 하다가
너도 취하고 나도 취했다

오늘, 승부는 없다
인생은 미완성이요, 무승부다

지친 몸 이끌고
주섬 주섬 돌을 챙겨 담는다

아마도
남은 미련이 있는 그 친구는
다시 한번 더 겨루어 보자고
내일 또 찾아오겠지

못난 그는
아직
든든하고 넓직한 대궐 한 채 마련하지 못했다
세상에는 잘난 놈들이 너무 많아

* 바둑을 취미로 하는 것은 이겨야 하는 삶이 싫어서이다. 나이 육십에 더 잘 들 수 있기는 힘들다. 지고도 웃을 수 있는 오늘을 위해 내일을 기약해본다. 꼭 이겨야만 한다고 덤벼드는 친구를 이길 수는 없다. 내가 졌다.

이천십칠년 사월

잔인한 사월이라더니
힘겹게 수줍은 듯 망설이다가
움을 트는 둥 마는 둥
그토록 애간장을 태우더니

앞마당의 모란이 먼저
벅찬 환호성으로 외칩니다

광화문에는 촛불이 한창이요
대한문에는 태극기가 난리통이라던데
도대체 무슨 일이랍디까?

여의도의 봄꽃

밤섬의 개나리

남산의 진달래

인왕산의 철쭉이

이구동성으로 합창이랍니다

대통령이 탄핵되었다네요

* 2017년 4월 박근혜 대통령이 탄핵되었다. 광화문의 촛불이 사월을 태워 이 봄날의 꽃들이 숨을 죽이고 조마조마 하던 사이에 온 천지가 봇물 터지듯 시끄럽다.
사월은 간다. 오월에는 온 동네에 오색의 장미가 만발할 것이다.

진보적 보수

나 젊어선 위에서 시키는 일 잘 했고
나 철들었을 땐 아랫사람을 부리지 않았다
그래서 이 정도면 보통으로는 산다고 생각했다

요즘 젊은이들은 말을 잘 안듣는다네
왜 그러냐고 물어봤더니
나는 보수요, 그들은 진보라고 답한다

아-니 좌우가 헷갈리는 세상이라
보수적 진보를 택하느니
애매한 진보적 보수가 낫다고 우겨도 소용없다
뒷전으로 밀리는 꼰대는 억울하다

수십 년을 머슴으로 살아
말 잘 듣는 것쯤이야 익숙하다고 하면서
아직도 술과 담배를 못 끊고 사는 보수
그래서 마누라는 나를 웬수라 한다

친구

어제는 무척 많은 술을 마셨다
미련한 짓이었다

오늘은
재미없는 날이다

내일은 좋은 쾌가 기다린다
정말일까?

세월이 너무 불쌍하다면서
스스로 술독에 빠졌다
술이 나를 좋아하는 걸까?
내가 술을 좋아하는 걸까?

여보
왜 술을 마셨느냐고 묻지 말고
왜 술에 취했느냐고 물어 주소

세상에는
영원한 벗도
영원한 적도 없다는데
내가 친구를 잘못 사귄 탓이오

카카오톡

1어디?
1머해?
1???

제 맘대로 보내놓고
제 맘대로 애태운다

1이 사라지지 않으면
무슨 일?
1이 사라지고 씹히면
이런 괘씸한 것이 있나?

내가 그토록 쫓던
언제나 1이라는 숫자가 문제다

신과 함께
–죄와 벌

이 세상의 수많은 사람들
더 많은 잘못
살인, 나태, 거짓, 불의, 배신, 폭력, 천륜

아주 적은 사람들
진심어린 사과
그 보다 더 적은 몇몇 사람들
진심어린 용서

어머니
사랑합니다
그래
용서하노라

지나간 슬픈 일로
새로운 눈물을 낭비하지 말자

* 영화 신과함께(죄와벌) 2017년 개봉 1천만 관객돌파

나의 트로트

라디오밖에는 없던 시절
이미자, 조미미, 나훈아 노래를
금방 따라 부를 수 있었던 것은
Dm, 트로트, 4분의 4박자에 익숙했기 때문이었으리라

열네살 천진한 시골아이가
추석전야 동네 콩쿠르대회에서
김상진의 **도라지고갯길**을 불러
당당히 이등을 하고 양은냄비를 상품으로 받았던 건
실력이었을까? 어른들의 사랑과 배려였을까?

반항하는 사춘기에 나팔바지를 입고
친구들은 송창식의 **고래사냥**으로 목이 터지고
잘난 놈들은 내용도 모르면서 비틀즈의 팝송을 중얼거릴 때
나는 굳이 한복남의 **엽전열닷냥**을 불러야 했다

78년도 성년이 되어 도시로 나오니

탁자에는 맥주와 안주가 어지럽고
천정에는 오색 불빛이 춤을 추었다
유난히 술을 좋아하는 친구들의 성원으로
향촌동 황금마차에서 박우철의 **우연히 정들었네**를 부른 것이
화류계의 데뷔곡이 되었다

신암육교 아래 허름한 공주집
누님같고 이모같은 월남치마 입은 주모에게 꼬디껴
손목시계 맡겨놓고 마신 막걸리가 몇 주전자일까?
이 밤이 새는 줄도 모르고 젓가락 장단에 마냥 취해버린
오기택의 **충청도아줌마**가
방랑시인김삿갓과 함께 메드리로 추풍령을 넘었다
카세트가 출현하자
늘어질 때 까지 죽어라 돌려 우려먹던 테이프는
낙엽따라 가버린 사랑으로 배호를 슬퍼하고
심수봉이 **그때 그사람**으로 가슴 저릴 때
김수희는 **화등**으로 답했고

그럼에도 불구하고 주현미는 그 때가 **정말 좋았네**로 말한다

내 자식 키워보고야 부모 마음 알았을 땐
어머니의 **검정고무신**, **동동구루무**가 대답없는 사모곡이 되었고
사연많던 나훈아가 털보가 되어 나와 **홍시**로 눈시울을 붉힐 때
삼천리 방방곡곡에 **불효자는 울었다**

삶의 현장에선
송대관의 쨍하고 **해뜰 날**을 외쳤고
사랑에 갈증을 느낄 땐
박강성의 **장난감 병정**과 **내일을 기다리**라고 외쳤다
동창회에 가면
친구를 불러야 했고
회갑잔치에 가면
모정의 세월을 불러야 했다

경상도로 가면 **울고넘는 박달재**에 **신라의 달밤**이요

전라도로 가면 **추풍령** 고개넘어 **목포의 눈물**이라
꿈에 본 내고향, **고향역**에는 코스모스가 한창일 제
평양아줌마는 서럽고 억울한 한숨이라

조용필의 **따오기**를 즐겨부르던 친구는
서로 더 잘났다고 우기다가
원수가 되어 **외나무다리**를 건널 적에
잠잠한 **모란동백**으로 오기를 꺾는다

내 머리가 희어지고
얼굴에 주름이 가득하니 세월을 속일 수는 없는 것
민요풍의 가락이 더 좋은 것 왜일까?
유지나가 **무슨 사랑**, **저 하늘의 별을 찾아**,
속 깊은 여자를 부를 땐 눈물이 흐르고
김용임은 **내장산**, **사랑님**, **열두줄**로 애간장을 녹이니
삼각관계 강진이 **달도 밝은데**로 받아친다
김세레나는 어디갔나?

새타령과 **창부타령**이 울고 가는구나

이고 진 삶의 무게와 흔적은 남자의 길이 되었고
주린 배 잡고 허덕이던 **보릿고개**를 넘는 사이
골목 골목마다 번쩍이는 노랫소리는 저마다 **네박자**이다
천지가 노래방이요
대한민국 오천만 남녀노소 모두가 가수가 되었다

오승근은 **내 나이가 어째서**라고 전국 고속도로 휴게소를 돌다가
안동역에서 진성에게 패했다
김성환은 아픈 **인생**으로 걸죽하다가 **술아 술아** 불렀고
간절히 내 나이를 **묻지마세요**라고 사정했다
어느새 **고장난 벽시계**는 멈추었는데
세월은 고장도 없이 노래따라 흐른다

산은 높고 물은 길다

화선지

하늘 한 편을 오려다가
펼친 듯
풍덩 빠져도 좋으련만
세상은 넓다

망망대해에
한 점 먹물로 시작하였거늘
가난한 선비의 걸음마다
산이 높고 물은 길다

인자하신 공자님이 한 말씀을 하고 가면
매서운 맹자님이 회초리를 드는구나.
천하절경 산천경개도 한 폭이면 좋아
신선이 따로 없다 이태백이 되었구나

어설픈 붓장난으로 비틀거리다가
열두 번도 더 구겨지고 찢기어
캄캄한 휴지통에 내버려 질지라도

다시 살아 펼치면
모든 것을 용서하노라
여기
희고 부드러운 평화가 있고
곧은 선이 선명한 진리의 새로운 세상이 있다

용이 비상(飛翔)하니 봉황이 춤을 추며
상서(祥瑞)로운 조화를 이루네
龍上鳳舞(용상봉무)

2018년 제39회 대한민국창작미술대전 특선

秋風唯苦吟世路少知音
窓外三更雨燈前萬里心

乙未仲秋 雪亭 崔仁衡

2015년 제6회 서화비엔날레 입선

가을바람에 오직 괴롭게 읊조리니
秋風唯苦吟(추풍유고음)

온세상에 나를 알아주는 이 적구나
世路小知音(세로소지음)

창밖엔 밤 깊도록 비만 내리는데
窓外三更雨(창외삼경우)

등불 앞에 이 마음 만리를 내닫네
燈前萬里心(등전만리심)

– 고운 최치원 –

2017년 제37회 현대미술대전 입선

봄비 가늘어 방울지지 않더니
春雨細不滴(춘우세부적)

밤 깊어 희미하게 빗소리 들려라
夜中微有聲(야중미유성)

눈 다 녹아 남쪽 개울에 물 불어날 것이니
雪盡南溪漲(설진남계창)

풀싹은 얼마나 돋았을까
草芽多少生(초아다소생)

– 포은 정몽주 春興(춘흥) –

衆鳥高飛盡孤雲獨去間
相看兩不厭只有敬亭山
丁酉仲秋 雪亭 崔仁衡

2017년 제7회 서예비엔날레 입선

뭇새는 높이 날아 다 사라지고
衆鳥高飛盡 (중조고비진)

외로운 구름만 한가히 떠가네
孤雲獨去閑 (고운독거한)

바라보아도 피차가 싫지 않음은
相看兩不厭 (상간양불염)

오로지 경정산 뿐이네
只有敬亭山 (지유경정산)

– 이백 獨坐敬亭山(독좌경정산) –

春眠不覺曉 處處聞啼鳥
夜來風雨聲 花落知多少

丁酉 清和月 雪亭 崔仁衡

2017년 제38회 대한민국창작미술대전 특선

봄날 잠들어 날 밝은 줄 몰랐는데
春眠不覺曉(춘면불각효)

곳곳에서 새들의 지저귀는 소리 들리누나
處處聞啼鳥(처처문제조)

밤새 몰아쳤던 비바람 소리에
夜來風雨聲(야래풍우성)

꽃잎은 얼마나 많이 떨어졌을까?
花落知多少(화락지다소)

– 맹호연 春曉(춘효) –

上和下睦夫唱婦隨
外受傅訓入奉母儀
景行維賢剋念作聖
德建名立形端表正

戊戌立春前三日 雪亭 崔仁衡

2018년 제38회 현대미술대전 특선

윗사람이 따뜻하게 이끌고 아랫사람은 공경하면 사이좋게 지낸다.

上和下睦(상화하목)

아내는 남편이 이끄는 대로 따라야 한다.

夫唱婦隨(부창부수)

밖에서는 가르침을 받아들이고

外受傳訓(외수전훈)

들어가서는 어머님의 뜻을 받든다.

入奉母儀(입봉모의)

행실을 훌륭하게 하고, 당당하게 행하면 어진 사람이 되며,

景行維賢(경행유현)

성인(聖人)의 언행을 잘 생각하여 수양을 쌓으면 자연 성인이 된다.

剋念作聖(극념작성)

덕이 세워지면 이름이 서게 되고

德建名立(덕건명립)

몸매가 단정하면 겉모습이 바르게 된다.

形端表正(형단표정)

– 천자문 –

2018년 제8회 서예비엔날레 작가 찬조

소나무 아래서 동자에게 물으니

松下問童子(송하문동자)

스승님은 약초 캐러 가셨어요

言師采藥去(언사채약거)

지금 이 산속에 계시긴한데

只在此山中(지재차산중)

구름이 깊어 어디계신지 알수없어요

雲深不知處(운심부지처)

– 가도(賈島) 심은자불우(尋隱者不遇) –

2018년 한국백상서화예술대전 동상

맑은 가을 긴 호수에 파란 옥물 흐르고
秋淨長湖碧玉流추정장호벽옥류

연꽃 깊은 곳 예쁜 배 매어두네
荷花深處係蘭舟하화심처계난주

님을 만나 물 건너로 연밥을 던지다가
逢郎隔水投蓮子봉랑격수투연자

멀리 남이 보았을까 반나절 부끄러워하네
遙被人知半日羞요피인지반일수

– 허난설헌 채련곡(採蓮曲;연밥 따는 노래) –

2017년 제38회 대한민국창작미술대전 입선

산은 높고 물은 길어라
덕행과 지조가 높고 깨끗하다
山高水長(산고수장)

사라도 일기

발행일 2018년 11월 1일 초판 1쇄
지은이 최 인형
발행인 최 인형
주 소 서울시 중구 수표로4길 27 상강빌딩 403호
전 화 02-2285-6922
등 록 2005년 8월 24일 제 2-4221호
ISBN 979-11-6096-078-5
저작권자 최인형
정 가 10,000원